Este libro pertenece a

Título original: : Korkak Kuş Sema
Texto de Tülin Kozikoğlu
Ilustraciones de Sedat Girgin

Corrección de textos: Raúl Alonso Alemany

Esta edición se ha publicado de acuerdo con S.B.Rights Agency.

Primera edición: octubre, 2016
ISBN: 978-84-945042-9-7
Impreso en TBB, a.s., Eslovaquia

www.editorialflamboyant.com

Rita, la pajarita miedosa

Autor:
Tülin Kozikoğlu

Ilustrador:
Sedat Girgin

¡Hola! Me llamo Leyla.
Os voy a contar un cuento.
¡Espero que os guste!

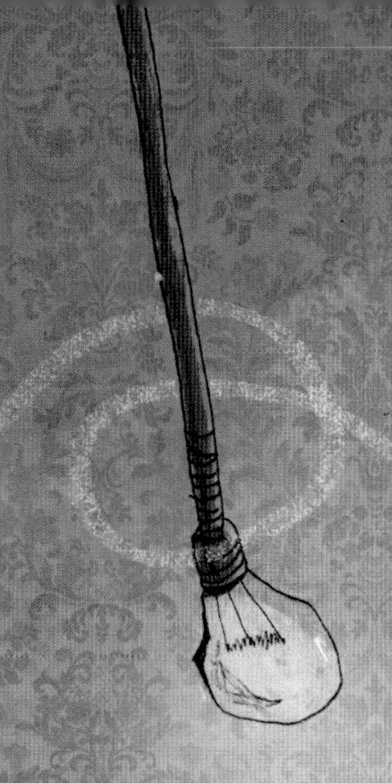

Aunque me veáis rodeada de tantos animales,
¡no os creáis que los recogí yo misma a todos!
Que vivan aquí es fruto de la casualidad. La mosquita
entró en casa un día que me dejé la ventana abierta.
La araña bajó en cierta ocasión por la chimenea
a las siete de la mañana. El gato, muy zalamero, se metió
en casa un día de lluvia. Al perro lo dejó Dios sabe quién
en mi jardín trasero. El pájaro me lo regaló mi hermana;
y el pez, una prima lejana. El ratón, la rana, el erizo...
Todos llegaron sin que yo pudiera remediarlo
y es mi obligación darles de comer.

¡No creáis que es fácil vivir en una casa con tantos animales!
¡Menos aún cuando se tienen ochenta y seis años, como yo!
Alimentarlos, bañarlos y acostarlos es lo más sencillo.
Lo más difícil es bregar con sus extravagantes personalidades.
¡Cada uno es diferente al resto!

Por ejemplo, mi pajarita Rita,
¡si supierais lo miedosa que es! No se os ocurra decir:
«¿Cómo va a ser miedoso un pájaro?».
¡Os juro que es posible! Si no me creéis,
prestad atención a la historia que os voy a contar.

Un día, mientras Rita dormitaba en su jaula,
se estremeció por el ruido de la mosquita Ana.
Abrió los ojos de par en par, igual que sus oídos.
Vio que Ana se le acercaba peligrosamente
haciendo VZZZZ.
Creyó que venía dispuesta
a clavarle su enorme aguijón.

«Ay, Dios, ¡creo que viene a picarme!
¿Dónde me puedo esconder?».

Rita debía encontrar enseguida una escapatoria.
Puso su cabecita a funcionar y rápidamente tomó una decisión:

«Creo que la única manera de librarme de ella es permanecer inmóvil como una estatua. ¿Quién va a querer picar a algo tan duro como una piedra?».

Sin embargo, la mosquita Ana pasó de largo
y salió del salón sin ni tan siquiera mirar a Rita.

Y, aun así, ella permaneció en la misma postura,
pues en ese momento vio al pez Pablo saltar fuera de su pecera:
le pareció que quería tragársela de un solo mordisco.

Pero el pez no hizo ni caso a Rita.
Echó una mirada a su alrededor.
Dio una voltereta en el aire
para mirar tras la mosquita Ana
y rápidamente volvió a la pecera.
Rita se quedó tranquila.

«Tal vez no fuera yo el objetivo del pez;
puede que persiguiera a la mosquita Ana.
Así pues, cuando hace un momento
ella salió volando, era para huir despavorida
de ese pez. Supongo que picarme a mí
ni se le habrá pasado por la cabeza».

Justo cuando se había
tranquilizado, apareció la gata
Sara en la puerta del salón.
Otra vez creyó que venían
a por ella.

Voilà! Enseguida volvió a convertirse en estatua,
pensando para sí:
«Así que hace un momento fue para escapar
de la gata Sara por lo que el pez regresó a su pecera».

Sara, por su parte,
se fue corriendo a la cocina,
sin hacerle el menor caso.

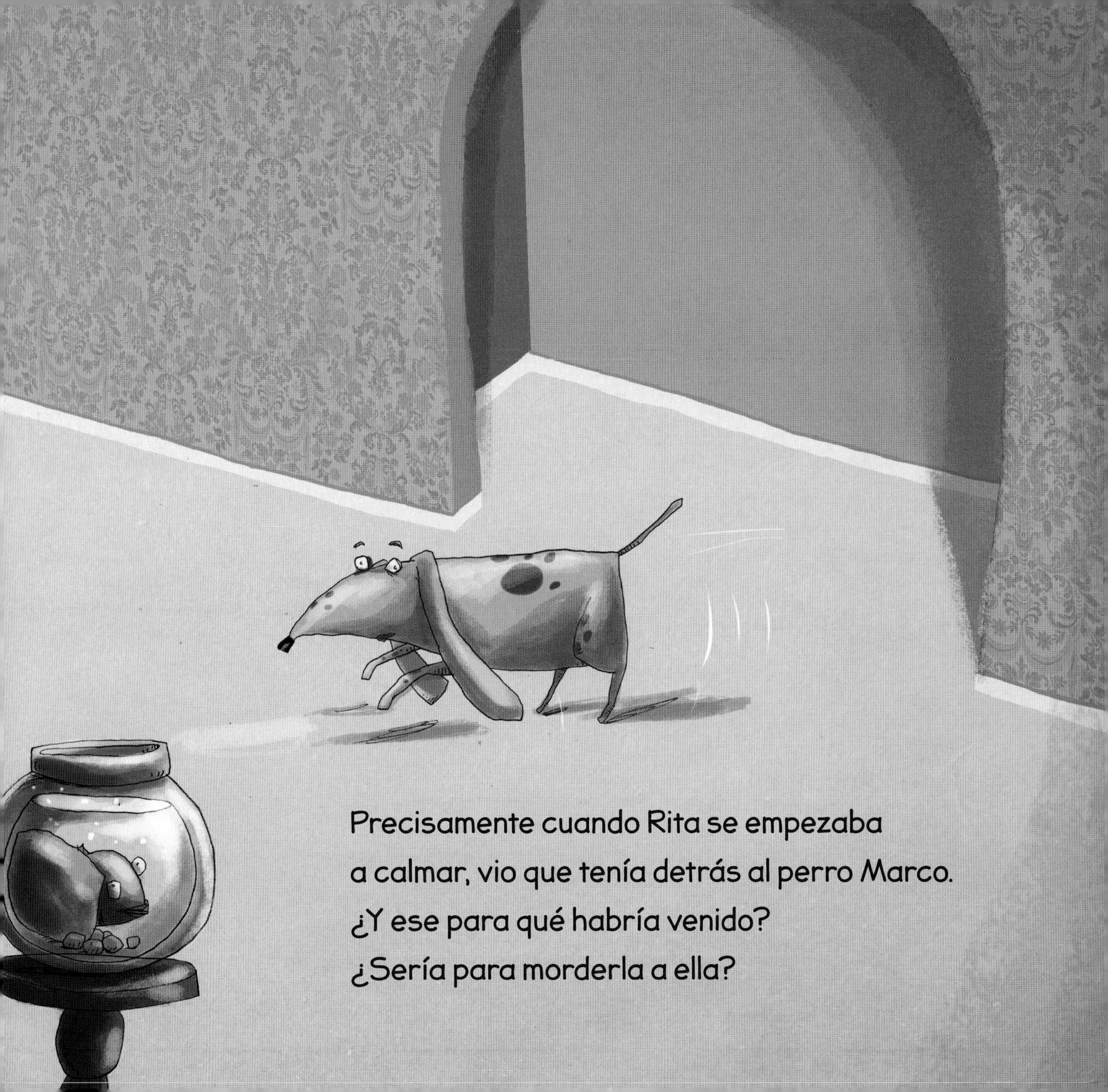

Precisamente cuando Rita se empezaba
a calmar, vio que tenía detrás al perro Marco.
¿Y ese para qué habría venido?
¿Sería para morderla a ella?

Al final, todo ese alboroto pudo con Rita.
Se rebeló y comenzó a gritar como una loca:

«Esta casa está llena de peligros.
¡Hay animales malvados por todas partes!
¿Cómo va a sobrevivir una pobre pajarita como yo?
¡Acudan al rescate, por favor!».

«Pero ¿se puede saber por qué gritas?
Me estás poniendo la cabeza como un bombo.
No te busco a ti, sino a la gatita.
Cállate de una santa vez, por favor».

«Se fue por ahí», murmuró Rita,
temblando como un flan.

Justo cuando Marco iba a salir corriendo
tras ellas, Ana y Sara se le cruzaron gritando:
«¡¡¡SALVADAS, SALVADAS, SALVADAS!!!».
Al oír esto, también Pablo apareció de repente.

Todos se echaron a reír y llamaron a Rita.
«¡Estamos jugando al escondite, Rita!
¿Por qué no juegas tú también?».

Ay, Rita, ¿ves lo que has hecho?
Con tu miedo, has arruinado
toda la diversión.

La mosquita Ana la consoló:
«No pasa nada.
¡No estés triste! —le dijo—.
Vamos a descansar un poco
y a recuperar fuerzas.
¡Luego jugaremos juntas
allá en las alturas!».

BIBLIOTECA LOS CUENTOS DE LEYLA FONTEN